种在疯长的时间里

董碧儿 著

中国民族文化出版社

北　京

世界有残缺，
当然，笑容也不例外

昨日匆匆赶去校对书稿，标点符号、错别字以及自造的词语一堆，编辑两人改稿的红蓝笔痕迹颇为仔细，还需一篇前言要写。心想写点啥，无从下笔。孙先生说就把平日写的放一篇吧。于是打开以往记录便又浏览至深夜，洋洋洒洒的、密密麻麻的记录，零散，有长有短，也无从选择。那些记录就像自己其中说的："人，生而孤独，生而会被抛掷关进时间这所监狱里，有神看守着这个巨大的牢笼。因为年限过长而显得确幸、美丽而自由，但美丽得令人痛苦。人生是一场战争，是用不同感受来描绘生命的战争，是为感受付诸种种行动刻下战果的印章。而写东西、画画无非是我在等待死亡、缓步余生的牢狱里，在这场极为平凡的战争中，眼角瞥见的那一点能减轻痛苦的光。那光便是麻药，便是目前延缓死亡最温柔的疗效。我写文字，只是一种记载过往的形式，

—种真实体现对于自己活着的表白。并没有想到有一天它能使我成为什么样的人。"

这本诗集记录的是 2013—2017 年在一个深巷里居住的日子。那么也就附上那段时间的些许记录作为前言当作调料吧：

雨夜的光影透过铁拉门薄薄地洒在轻舞的绿叶上，猫咪蹲在门槛上像是在等待着什么。我习惯性地窝在角落，静静地望着它的背影，听着那清亮的雨声：滴答……滴答……如此安静。这样的夜，我不知道过了多少个，也不知道还能过多少个。突然想起我的老爹，他足足有一年时间再也没有出现在我梦里了。记得他离去的当时，我是那般的木然，以至于后来的多数梦中一直在寻找他的下落，他默然无声从不开口说话。我一直追问他去哪里了，为什么不回家？每一次都被自己生生地哭醒，证明他真的不在了。对于已死的人，活着的人更为痛苦，不知道要用多少个日子去慢慢适应他真的不在的事实。而对于我的母亲又是怎样煎熬的日子。我总是想方设法让她过得开心些，但她不愿意离开那个曾经有他的小山村。她说那里才是她最后的归宿。她哪儿也不想去。每一次拿起电话说到最后，总能听到她的哀叹声，然后你在这一头沉默。或许人老了，越来越喜欢追忆过去的日子，沉静在过去美好的年华里。那些再不堪的日子在画上句号之后，再也没有比不存在来得更加荒残。

2014.3.8

她说来世我不想投胎做人，这世人间繁杂苦味尝尽，下世只愿灵魂消散，不做任何更替。我也就没有任何阐述。望着这萧索的夜空，感到无尽的延绵难过，心头隐隐作痛，但只能以默声作释。这个生我养我的女人，这辈子所受的在她仅存的年华里慢慢怠逝。

2014.4.3

当明天变成今天又成为昨天，最后成为记忆里不再重要的某一天，我们突然发现自己在不知不觉中已被时间推着向前走，这不是静止火车里，与相邻列车交错时，仿佛自己在前进的错觉，而是我们真实地在成长，在这件事里成了另一个自己。

生活过着过着就会被时间所吞没，在不知不觉中已被时间推着向前，忘了因为，也忘记所以，那么还想能够找到暗藏可以放任自我的可能吗？

2014.9.27

其实，你只要抛弃一些所谓远大的理想，先喜欢上自己眼前做的那些卑微事情，马上就能驱散所有的迷茫。自信这东西，只有程度的深浅，没有格调的高下……有时候，看见路边摊煎饼果子的大娘，严肃地跟你讲解绿豆面皮的成分时，也会让人肃然起敬的。人活在自信里，远比活在理想里要强大。

2014.10.16

或许时间是可以倒流的，在你打开那一页一页曾经过往的记录中，眼角慢慢跟随浸湿。它作为一种过去的形式符号存在却是至深的烙印，无法更改。

但这些都需要做一个隔离处理，就像那些已经变成乱码疯子的文字一样，已经变得毫无意义。一并拉去废品收购站吧。我已经不再喜欢它们病恹恹的样子了。走吧，走吧，把你们埋在遗忘的坟墓里。我会用不同的形式来惦记你们再回魂现世。

2014.11.25

昨晚有人问我："你现在所处的生活是你以前自己所设想过的吗？"对于这个问题，我在脑子里闪现的场

景却是七八岁的时候：躺在秋收田野的草堆里，用半节
草垛遮挡刺眼的阳光，望着无限空旷的天空，做着白日
神游的斑斓梦。在夏日的黄昏独自坐在海边的岩石上，
直到海浪一次又一次拍击出美丽的浪花，红旗蟹还在那
里不停地捉迷藏。春日的早晨披着清灰的雾霭，翻过几
座山，不知是汗水还是露珠在凝结的发簇里流淌成一滴
滴咸而甘甜的味道。你一不小心跌进那深洞里，等着采
摘的长工发现你掉队失踪。然后用藤条救你上来，发现
你无碍后便一阵憨笑打趣。……还有在那父亲和母亲被
生活雕琢的眼神里……你次第深刻地集结在心里……被
时光一次次地推演，来到了现在的境地。

2014.12.11

　　夜静萧寒，冬日里一盆火炉的护藉，和时间一起取
暖温慰。听着那伤郁的歌曲，飘飘荡荡，落于空室的尘角。
不尽让人怃然良久。如今这个"爱"字何写何解。写只
是一个以变相为肉身存在的躯壳，解却是毫无用心的灵
魂，它逐渐变得不被理解甚而特别寂寞的字眼，力量薄
弱，浑浊而无力。泛滥地用作掩护偷得堂皇的理由。一
看这个字，便会微微生痛。究竟是人生的一个变相，还

是共相？爱到最后都哪里去了呢，落花抑或坟墓。……

2014.2.30

此时客散阒寂，外面不知道什么时候飘起了清慕的雨丝，洋洋洒洒，搀拌着空冥的轻曲，让心不知不觉与之默默应合。站在门槛上，只闻那隐隐市声，又有多少个人的故事汇绎淆织于这样的清夜。迎着凉风，徒生了思慕。亦留亦走，都是无垠的空洞。如今发现这个徘徊却没有停止过，这个城垣还是触动了这样的幻念，像一个音符般环绕在我耳畔，远近而渺茫。……

曾经的梦想潜在窗台处，幻影幻现，围着火炉遍是幸福。

新年的钟声在一个并没有人稍稍惦念的刹那里敲开了年门。

2014.12.28

是的，人到枯墨至竭，别无他寻。唯有告诉自己，"活着，别死。"昨日写东西，最终还是把人物给写死了。我想了一百个理由不让她死去，要有积极、阳光、乐观、烘托生活的意义。还是发生了意外。于是我画画，我画了很多张全是背景的图案，却不知道要画什么上去。
涂了改，改了再涂。奇怪的是却丝毫没有半点不耐烦。

2015.7.28

人与人之间的磁场有时候只是因为一个眼神，然后
由直线变成了曲线。扭绕，叠折，交织，多了好几个坡
弯度。或许生命的热度也在于这个曲线的长度吧。你的
人生又有几根这样长短不一的线条呢？

2015.12.1

我抬头，看到深邃的像梦一样的眼睛，正直直地、
似笑非笑地、定定地看着。因为那长时间的对视，我也
只好投以友善的微笑，这样相对气氛可以缓和一下。我
点上一根烟，走到厨房的位子，烟丝快速地被窗外的空
气抽离，那舞姿优美至极，感觉像生命川流不息的涌动
着。顺着它的走向，我的眼神落到了对面大楼的窗户，
一个半封闭没有防盗铁窗的窗户，帘子拉到了一半。我
回想前些日子，同样的位子，我也是这样望着这个窗户，
只不过是夜晚，有鹅黄色的灯光。灯光下却有一个熟悉
的影子。我已经注视了好几天，为什么注视，我自己也
不知道。可能是因为抽烟的缘故，那个位置能让我重新

感觉到，你的未来不是梦，它就在你的眼前。的确。好几天没有碰的马铃薯，重新抽出嫩芽。那种对生命的再次绽放有着新的意义，好吧，它将被做成一个盆景。……我回身正想对那个深邃的目光说点什么，可屋内空空如也，只有播放的音乐一直游离着。人呢？抬头，他挂在墙上看着我。……

2015.12.26

人生在世，本质孤独，就像在人间，有个内心交融的对比。下面是地狱，上面是天堂，但很纯粹。而人间很繁杂，你不在孤独中，随时就在去孤独的路上。

2017.3.28

南方的春夏，像个哀伤的妇人，哭泣，忧愁。连续几天阴雨绵绵，虽说是夏季，冷飕飕的，忽冷忽热，倒是有点戏剧性的。中午闲时两个钟头，本想倒椅子上小睡一会儿，怕睡得不尽兴，还是驾着小白往双龙路的大姐处奔。自己动手做了咖啡，叫大姐给切个水果，算是安了中饭。耳朵里塞点音乐，再翻几页书，方能安慰对旧去时光的一种续生吧。怕是以后连看书的时间都不够，趁现在有看书的劲儿，能翻就翻几页，最怕的就是在繁

忙的生活中把自己丢掉了……这是最不能接受的，活着
就会有一种饥荒。

大姐的咖啡馆，很小。装修环境一般。生意好可能
全是因为她随性、热情、大妈式毫无规则的章程。谁人
进来都被她像亲人一样招呼着，嘘寒问暖。第一次到她
这儿颇为不习惯，不喜欢被人打扰。她学人抽烟，有着
非人的气质，又羡慕别人优雅潇洒的仙气。但看上去敦
厚，客人也就自由随意、无拘束。有时点个龙虾进来吃
也是无妨。有时她还给客人做饭菜吃。这里更多地可以
说是一个自由"家园"。她的身份为一个保姆，为生活
奔波者提供一份惬意。

这回我处在绿茵浓烈的小院里看雨。

其实闲人看雨都和雨没有关系。倒是喜欢这份清凉
幽适，就这么和自己处着，隔开于人群中又有几分清净。

早上出门特地多加了几件衣服，索性还挂了围巾。
一到下午就突然放晴，这惊喜来得有点儿突然。也正愁
没衣服穿，晾在门框上的衣服还有馊味儿，出差回来没
洗的衣服堆得像小山了。赶紧丢进洗衣机。

回来以为会是艳阳晴天，没想还是阴雨绵绵，还带几分凉意。屋子几天空着，霉味越发严重。南方的雨季着实让人心情不太愉悦。

2017.6.19

目 录

slone wmf

疯长的时间

漫天雨下

在冰冷的石级上一夜又一夜

窗前蔷薇慢舞，霄藤攀爬

这雨应是春天的梦吧

但却舍尽了梦的繁华

像一方幽静的水塘

开着清寂的莲花

那飘落的花瓣

是那敲碎凡尘的槌点

犹如一枚枚斑驳的印痕

艳红的尽头乃是无可叹息的苍凉

我无意让伤驻留

只是随着音乐在你的目光里缠想

蔓过山野的边境

终赌不过时间的疯长

你吻去我眼角渗溅的忧伤

不曾流连和离去的刹那

穿过森林，开满雾花

如果只是在人间

你也可曾爱过那猝然的淡漠？

在没有尽头的焦虑里

如今我也只能相信

年逝随水而去的

不仅仅只是疲惫的岁月和花

还有那些经常被提到而显得廉价的幸福和

虚无的爱情

2016.4.25

提醒曾经

早晨梦醒在摇晃的人间

潮湿的雨水伴着遗落的花香

如上帝微弱的慈悲修补梦境残破的轮廓

让记忆凝为一滴清露

从睡眠的叶片坠向生活之沼

而我曾自由简单的心

谢落在一个并没有人念想的刹那里沉默

独，窗外一只迷路的野鸟

不断地提醒：曾经，曾经……

2016.10.22

天堂与地狱

安静的走廊，有着时间的尽头

有人进来，有人从这里出去

有人在这里哭，有人在这里笑

风从窗户里探望

云只是淡漠的飘过

说一切正常，一切正常

相信上帝应该是把"人道"开过光

但经常见他披着兽的皮在人世行走

说不要打扰，不要打扰

这里的时光缓慢得像是得了抑郁和相思

就像榕树奏着满地落叶悠深的老旧曲

轻轻弹唱，轻轻弹唱

2016.10.14

命辰里的归途

我闭上眼睛

住进了音乐里

乘着它的旋律

踏上了一条奇幻的路径

我不知道那是什么地方

山涧青雾弥漫，云植含露婷婷

山花烂漫，鸟雀相迎

也许，这是天堂之路

迎面走来一个女子

仿佛和我一般模样

她视我不存在与我擦肩而过

洒下一片微笑和清风的味道

我想转身寻访

她却衔影而去

远处传来一个声音

随着微风飘来耳际

我似乎听到她在说

这里便是命辰最后的归途

2015.3.19

一整天都浸泡在闲闲地时光里，看着进出的人群，我抑或在偷取别人的影子，尝着各种味道。其中有腥的，有咸的，有腐臭味的，有带点甜的，也有苦的，多半是像白开水滚煮了很多遍有点发酸的。

语境

有些言语适合放在更深远的地方

我只是静静地望着它

从来不曾想要发出任何声响

它像是没有四壁的牢狱，却带着沉重的墙

它用沉默召唤着穿透的力量

穿过时间的边境和尘世轮回

它更像是一幅孤绝且平和的画

带有尘土的谦卑和死亡的芳香

它只属于一个人的声音，彼岸的她

2017.5.18

逼迫自己去见到
人间清凉的晨光

我的心颤抖着

但说不出任何的语言

生怕一出声就会支离破碎

拾捡那些碎片

却无法缝补它原来的样貌

就让它就地修还

被漆黑的夜厚厚的覆盖

又被白光挂在高高的日头晒干

有些东西始终是回不去

犹如划破的裂痕，曾有鲜红疼痛的记忆

我含着两行能够感受当下炙热的泪

像个孤绝的小孩走在深水里

让暮色一次次吞噬自己

又逼迫自己去见到人间清凉的晨光

2017.2.5

把爱再煮一遍

夜深，归去

一堆残荒的烟头

满屋子弥漫的酒气

夹混在香水味里孕泛出苦涩的哀绪

门里门外，洒落了一地

这满地都是被遗弃的荒凉的爱啊

待我慢慢拿来收割

一箩筐，又一箩筐

倒进孤独的长夜里

用时间生火

煮一煮

也许还会有它的味道

2015.4.20 凌晨

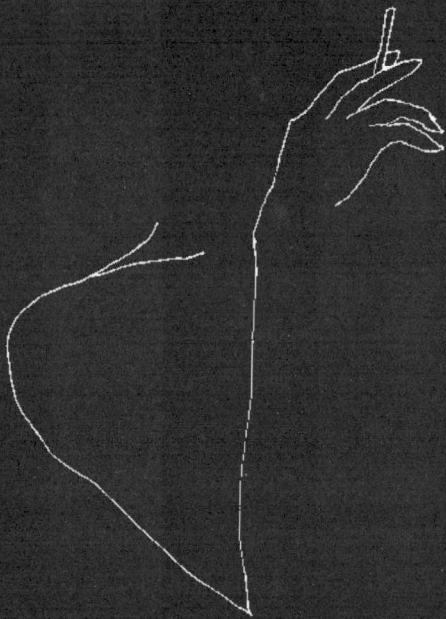

没有什么可以是解释和不解释的。日子总是这样淡淡咸咸，总归是平等的。

所谓「人无常势，水无常形」，繁华过后皆烟云，起起落落，反反复复，亦可算是插曲。

尽情地拥抱每一幕感触的幸福，也悄然感触每一片落叶的安息。

梦如浮生，人亦如是。

不是故事的故事

那天我坐在午夜的大街上

看着空寂的夜飘飘荡荡

偶尔三三两两的人走过

回头望望孤单的我

我没有地方可去

也不知道身处何方

只因那里是你曾经的出没

便成了等待的地方

我不曾想与你相识是寂寞花开的结果

也不曾想一个吻成了长眠不修的埋葬

当思念的滋长生成了疖

花落叶飞禁锢了枝头蝶离场

以为伤痛的教诲没有你也会过的平静

但这不过是自我安慰的法场

我知道那是梦的寓意缠驻无解的咒语

错觉的恍惚几经了数年……

……

我想哭却没有眼泪

我想喊却发不出声音

经不起流年，也经不起揣伤

或许水不是山的故事

盐不是海的故事

云不是风的故事

情也不是爱的故事

梦做着做着就会断

泪流着流着就会干

人走着走着就会散

景看着看着就会淡

2013.5.29

我是谁，光阴知道

你问我，我是谁？

我也无从知晓

连我的亲人都没法确定我真实的身份

但她们尊重我的沉默以示我的存在

仅仅因为

我是她们的亲人

她们也是我的亲人

我只是一个真真实实活着的人

用生命感受和串联着这个世界

披着晨曦归来，踏着暮色归去

这一点，光阴是可以作证的

我们一同呼吸，一同自由飞翔……

是海里的一条鱼

是森林里的一棵树

是天边漂浮的云

是路边的一块石头，一株草

是荒野上行走的狮子

又是狮子口中的一只羊

也或许是川流不息的河流，连绵不绝的山脉……

随着时间的推移

我总在不停地变化

这些

谁又能说得清楚呢?

但是，光阴知道!

2014.11.23

天明亦是新生

夜深风静

满城灯火疏落星少

路灯的白光将清寂的电杆拉的辽长

淡然间透着几许薄凉

人间总有一些无以言状的抒情之思化为涓涓凉露

沁透了亘古夜阑时的心境

瓶中的雏菊已变枯淡之色，只是舍不得扔

试想来年春园烂漫似锦，它便会还身

但它是离了根的，颜色黯失魂至飘零

只怕是秋媚时节它已转投入泥报世恩

回首昨日故人探访，熙攘往事宛如一梦

仿佛走过春事的残芳

如今道来，闲淡中夹杂忧伤

任其岁月浸染，韶光悠糜，自会从容告别的

喝完剩许酒，拾遗旧尘残缺之瓣

踏上梦之程途　天明亦是新生

2014.12.26 凌晨

感觉

有一种感觉

就像

在安谧的夜幕里，在音乐的悠荡里

那游丝般的气息，便会跑出来

它穿透每一道光阴的隙缝

折射出幽洁的遐光，形成了一个圈

它延绵缠旋着

你一脚踏进去，便升腾飘浮了起来

那光圈瞬间四溢扬洒

像细小金色的花瓣

慢慢，慢慢地，在尘埃里落定

然后

你的灵魂亲和着它的足迹

开始寻访新的探程

变成思绪，带进人生的长梦里

那种感觉

你永远都戒除不了

2015.3.26

我们经常会错觉那一恍惚的瞬间，生活在一根烟丝间燃尽了岁月的数载。回头看看亦然像梦一般，使人触目惊心，有的不堪回首。

绑架自己

我们的本能是疯子

随着时间

身体越来越干枯

想要疯狂

却发现内心越来越荒凉

就像自然地给自己上了绑

自然而然地把欲望、需求、声音，给绑住

你想激发

却已经真的不再需要了

后来

你需要的仅仅只是一份不触犯的尊重

和一份自由飞翔的心

2014.6.19

城中雨巷

一

城中雨巷

白兰满地残香

幽光惆绵

慌了城中老墙

曾经"以为"

光阴变了模样

踏着声响

碎了一地镜花

2017.6.23

不如归去

空空长夜

与落花相依

渺渺音魂

在孤单的飘……

她点上一支烟

看那烟丝轻舞的样子

伸手想去触摸

它却慌忙地逃跑了

她乱了心绪

想要追随

却换回无端的荒凉

她写着，画着，梦着

终不见成型的模样

尘世一梦

孤独的来，终是要孤独的去

何必再去等待那个未知的人？

黄了青春，折了花

不如归去，归去

2014.9.6

芳香的忧伤

忧伤像是一种芳香

旖旎于生命的光亮

喷一点就好

不要过于浓烈

给日子穿一件清纯的外套

有风，会来轻轻敷伤

我把你的名字挂在窗口了

把你的影子留在曾经压踏过的马路上

等时间把心颤的感觉慢慢匿藏

雨水会浸润和隐没

虽有点不安，不舍

但太阳一出来

黑夜就安静了吧！

2016.6.1

2018.12.5 ST.DONG

风干的玫瑰

清晨于一片阳光中馨然

日子还是照旧前行的

捎一声问候

已是心田挂暖

人生实是不易

在时间里起身

在时间里睡去

所有人，都过着同一个日子！

我愿意深居在清逸悠长的文字里

层层叠叠，隐隐绰绰

披着晨曦的灰衣

坐进黄昏幽暗的亭荫里

透过流亡的墨水

注写朴实温婉的情谊

在那恬静的树荫下

种下一片柔慈

衔着两朵微笑

抱以轻慰

像一朵快要凋零的白色玫瑰

一同在时间里风干……

2014.10.26

来不及说再见

来不及说声再见

来不及收藏我细微的哀愁

就已经被忽略

眼泪还没掉下来

长白的情愫只能留于空眠

待风一过，也许轻轻触起就会瓦解

像满地的黄叶，终会收留于泥土间

我偶尔抬头望望这座城市的天空

偶尔在午后的阳光里想起你的样子

温存着你美好的画面

一点一滴，滋生拉长

再筑起围墙

然后在里面清幽地散步

捡拾着一片片你的眼神

踏进黄昏金灿的河流里

2015.4.17

埋在深秋的故国

南方的小城

日子它白晃晃真切地走过

梳理清幽的目光，在整个城中飘荡

但，秋天在来的路上了！

早晨的阳光慰问山岚柔道

树影在小河里清唱

云慕着蓝天，柳慕着风

只是

枯荷早已把黄昏的暮园守望

我披着灰蓝的纱幔

撩拨夜的曲目

一路

在过往的风景里轻捡你的目光

喜悦的、苦涩的、愤怒的、犹疑的、担心的

渴望的……

全都埋在秋深的故国

2016.8.17

人有一刹那连自己都不知道是谁，当某种情绪被自动崩陷，来不及做防御，精神的最后一道依附感同时失守。

自愿的可怜人

今天我听不见时间说话

它们都跑出去玩了吗？

这里只有阳光和音乐陪着我……

温柔而冥靡

我的心也开始慢慢停止了

跟着那旁边瓦罐中的绿植

慢慢枯墨萎谢

我开始听不见任何声音

当我睁开眼睛

我飘荡在无际地天空中，飘着，荡着……

我开始冷得瑟瑟发抖

眼里全是倾注的泪水

我清晰地看到内心的模样

越渴望的东西，最后都是越害怕的

都是最愿意舍去的

就像"幸福"，人们赋予它的模样

而我终将披不上那件外衣

我越来越清晰地听见它对我说话

走吧，走吧！

你是一个触不可及的人

你就是那个自愿的"可怜人"

2014.10.1

那幅画

惹那明月纵步随她

风轻起，扬薇花

月色轻晃，幔窗纱

柔情曲，印涟漪

孤影袅袅，荡秋江

空弹一出，转身一瞬

谁不曾是那幅画……

2014.10.8

一切皆可原谅

叮……碰了一下

那是夏天的声音

酸涩的葡萄果酿

遥望那深邃的天空

对着那一轮白月

说，一切皆可原谅

生活从来都是超越了期待的模样所呈现

无关乎你喜不喜欢

只有风来的方向会告诉你沉醉的芳香

那芳香，是生命日复一日抽象的苦涩所陈酿

是灵魂久结成痂茧子于世最后撼动的力量

2014.11.27

筑城墙

我们总是太过期望

而每每又在期望里失望

于是我们筑起城墙

不是为了防范他人进城

而是为了防范自己不再出城

太过尖锐的真实如同凛冽的风劈开我们紧紧夹裹

的生命

我们只能筑以城墙选择逃避

总是以更深刻的幸福来隔绝那样的忧伤

然后，在空虚里点满了灯火

以照亮我们保存幸福的温度

2014.10.30

一壶时间

这漫长的道路啊

我们每一次相遇

都在做着默默的告别

有时候来不及说声再见

只一个微笑就足够

缓和地，慢慢地

转身，在下一个路口又遇见……

慢慢地喝着一壶茶

就像喝着一壶时间

我会收拾好所有对你的心情

默默和你作别

半亩方田落着樱花

水观音将滴涟

只要还有明天的到来

我依旧会仰起笑脸

岁月终将改变一切，不是吗？

2016.3.15

一定

总有一段时光

我们是彼此喜欢的

总有一些喜欢

在一段时间之后

是怎样都来不及的

我努力的记恋着这个世界

浮生流年一道光影，一道墙……

如果某一天

我再也想不起你

请你原谅

请你一定

一定耐心地让我再想起

那巷弄里

那时间静止的角落

曾经向你尽情微笑的那朵花

2015.7.27

事实上，人不是一刹那死去的，而是一点一点，在逐渐的流逝中死去的。

到了某一时刻，你不再去创造，也不想更新自己的目光，生活开始重复，知觉开始丧失，什么都不会让你有所感触，什么都不会让你怦然心动，这个时候的你，已然是死了的。

秋，我的爱人

今夜

我盛装精扮，安思静坐

在那雨丝飘零的门扉前

只为等待你熟悉的脚步

我闭上眼睛，仔细倾听

只想你临近的时候

俯身亲吻我的脸庞

你还是一点都没有变

还是那个自以为是的家伙

你傲慢，飒爽，沉稳，有时候怠慢

你也温和，细腻，体贴，有时候善变

只要你来了便好

我早已无心责怪你

在这备受久等的日子里

希望你温柔地待我……

让我好好感受你的存在吧

我的爱人！

我已无心责怪

只要你来了便好

秋，我的爱人

2014.8.15

绝

遥看人间烟雨梦

晃晃幽月涧水流

一抹清寒人事尽

恍若阴门三世秋

2017.6.3

置身于一个幽深的故事里

我多想在这夏夜的凉风里

毫无目的地走走

走到黎明前来交汇的那一刻

然后再沉沉地睡去

总觉得七月的脚步来得太匆忙，走得也匆忙

我只好把自己交给街道、马路和这旷寂的风

用来缅怀它存往的气息

偶尔车轮驰骋，更显清长无际

黑暗裹挟着我的心事隐匿在风里

被孤独长久地收留

恍惚间，我置身于一个幽深的故事里

走进去，却从没出来过

那是一个关于命辰的故事

遥远且神秘

而我唯有坐在年轮里

听它慢慢地述说……

2015.7.25

任由

任由一颗紊乱寂寞的心肆意妄为地违背着内心的谴

责召唤

像个无知可笑的傻子般尽情挥洒

你以为可以的

但还是无法越过那道鲜明的门槛

你以为在玩弄时间

谁知是时间玩弄了你

那些过后侵犯尊严感的罪恶

那些过后的空洞、麻木，使自己作呕的欲念

迎合它对死的渴望

像个恶魔般化为灰烬吧！

仿若从前

现在

唯有安静的夜空下

你开始静静地抒写

才能得到一份灵魂的安宁

这将比谁都带给你无比的安全

你别无选择地爱上孤独

唯有孤独可以让你再一次重生

唯有孤独可以不受任何侵犯和俘虏

像只鸟儿一样

无穷无尽地飞

穿过青灰瓦墙

穿过林荫大道

向前，向前……

2014.8.11

我把日子搬来搬去

我把日子搬来搬去

渐渐以沉默的方式来敷衍它的存在

试问活那么长久，需要耗费我多少个耐心呢？

时间抽干了日子的风华

虚无登上了码头，玫瑰落泪了

越来越干薄的灵魂啊

怎么逃也逃不过命运设下的圈套

或许一个个伤痛地落下才是对命运的成全

如同，一场雨露成全了一场绿

一个日头原谅了另一个日头

……

一杯开水在四月末的空房沸扬它苍白的热度

灵魂为此送去月色和酒

和命运干杯

2015.4.25

清晨我于阳光下徒步马路，从学东走到学西，慢步感受这片城市白天的习气，花香，鸟鸣，树荫的庇护，车驰的噪声，人群的喧哗，都于我是百般的亲切。我竟这般贪婪地吮吸起来。似曾监狱关押多年，初放于世。

前世今生

在那前世和今生中

在那一世世轮回中

我只想知道

扮演了什么角色

或许

你真的来了！

为何？

我的心感到一阵阵刺痛

那些情意绸绵的话

那些久结成霜的语

早已丢失在风里

任怎么找也是穷途日暮

我是怎样负了你前世

在今生久久徘徊?

你又是怎样叙谋于今生

在前世寻找我记忆?

2014.9.6

愿你心有所依，
愿你道路漫长

我已经慢慢淡忘了喜欢的感觉

只记得曾经拼命努力追寻过

如今来也只是淡淡然

很多人说，那是你还没有碰到

或许吧

即使碰到了，我怀疑是否还有当初那份渴望

人心早已被时间抹了色彩，赋了另一层追寻的意义

有时候不仅仅只是对爱的依恋和追寻

人生应该有更广阔的选择丰富充实自己

谁都想拥有一束灵魂和生命的光芒

指引你目标

每天早上醒来，心是满满的，有期待

你觉得生命的河流依然生龙活虎地潺潺涌动

这样当然很好！

但

没有也能找到晴天

有时候，只是有时候

感情再怎么一路艰难

也比在让内心空旷地听到风的回声来得踏实

因为

心无所依，是最寂寥艰难的

那些落过脚的地方

就是我们真真切切活过的证据

愿你心有所依，愿你道路漫长！

2014.11.26

一起下葬的恶习

我终还是

改不了这些恶习

喜欢在深夜潜游

喜欢在深夜听那安静的

不能再安静的音乐

喜欢在深夜串起长长的字帘

喜欢在深夜偷取别人的心思

喜欢在深夜窃听灵魂们的对话

喜欢在深夜安抚起皱的白天

喜欢在深夜与时光静静地相恋

……

这些恶习

可能一直延续到

我死亡的那一刻

带着寂静的欢喜

一同下葬

2014.6.27

遥寄笔笺于何人

情至薄弱气丝游，空门唏嘘把灯守。

望那深穹苍茫茫，唯有拿烟染清愁。

恍若一梦似无有，风絮独吟思悠悠。

你来我往人生客，遥寄笔笺于何人？

2012.12.21

记得微笑

是你主宰着故事的主轴

我只不过加速了它的进程

你一踩油门

我只是顺势掉进你掌握的结局里

请不要声张

就让它静静躺在彼此心灵的感受里

悄悄沉落，默默安好！

我还会像往常一样

记得微笑……

2014.9.22

五月空巷

五月雨巷幽地，青砖老墙

点一盏孤灯，畅游梦里

忆斑驳往事，青苔地衣

追红尘香韵，不再依依

回首，缕缕层灰，空释归，清亦静

2013.5.16

无意感动他人

是否

可以走过这个冬天

走得更远?

回忆还没开始

就被风掠了去

我只是傻傻地望着它

离去,离去……

没有试图想要追回

也不想问及答案

就随它走远,走远……

生命孤绝自该是由它的来路

不做刻意修改

我无意被感动

亦无意感动他人

2014 .11.15

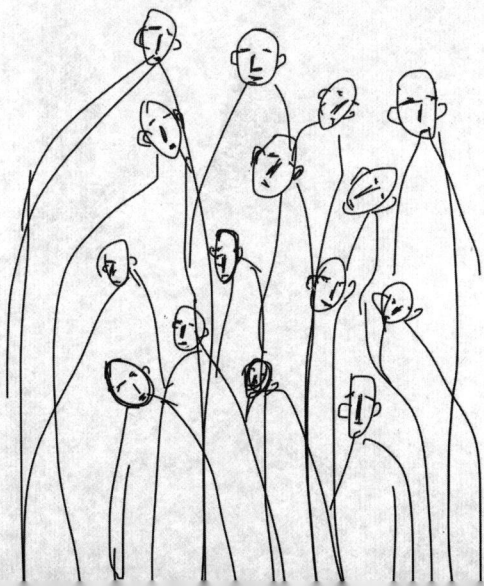

时间的切割面

就在此刻

黑色的夜空有如婴儿般沉睡

我坠入了时间的褶皱里

此时彼时叠合成同一时刻

我的影子变得清晰辽长

步子在音乐里快速飞扬

我是刚刚遇见你时那羞涩的姑娘

将你饱含深情的眼眸交给了上空的月亮

我们曾把快乐驻留在各个小巷

彼此都赠许给未来去说话

那时的心田满坡都是花，满坡的花

但一切都抹去，快速地抹去

当一首音乐结束，画面立即空白

只剩下我脚下的尘土和头顶的夜空

是的

现在我俩之间空无一物

只有渗在切割面里的时间那样深远，那样清澈

我会看到你向我走来吗

在白昼将近的时候？

在清晨一只云雀停在枝头的时候？

2017.4.8

心被打劫了

她瘫坐在夜色里

感觉这东西篡改了剧情的变化

很多东西冥冥中在你初见的那一刻满心欢喜

却因事后的举止而变得不再如想象中那么顾盼

反而有些掉味

应了有些故事

有开始却没有结果

就像风中的落叶

只限于飘零的那一刻供幻美的遥想

而一落地化作淤泥，无人再忆

她在迷芒的感觉中飘忽了好几天

像某种东西被虐去了

有痛的感觉，但找不到痛的地方

······

2015.4.9

越狱

世间百态

五味陈杂

我们都是命运的奴隶

囚禁在自己创造的监狱里

一次次重生，一次次破灭

一次次麻木，一次次改变

生活有时候就像一场场越狱

刚从这个监狱逃跑

又被抓入另外一个监狱

2013.7.4

折腾

走进无声的世界

让秋的海洋，播放生命的曲线

长度不过是死的站点

把自己分离抛开

远远地看着她

看那个自己怎么折腾夜的波澜

我暂且不管

任她自由乘风游览……

2017.8.10

当一个细节久而久之形成一种习惯。有时候习惯的力量会吞蚀需要打破的动力。习惯某种东西，习惯某种语言，习惯于一个人，习惯要改变一个习惯，有时候需要极大的勇气。

生命该以怎样的方式
呈现它的美丽

在午夜温润的音乐里

邀约一杯酒的力量

饯行梦的故乡

拾捡脱落的长发

一根根注解命运的荒凉

以无言之语促膝密谈那纷繁与简单

偶然的到来

必然的离去

生命该以怎样的方式呈现它的美丽?

才配对现在世俗的年纪

2014.10.31

伤怀初夏

留声机的歌声在午夜早已唱到沙哑

而我还是依然如此迷恋它

倒不过白与黑的时差

就像灵魂爱上华尔兹的轻洒

眼泪轻轻滑落痛的代价

在风里唱着过去的年华

回忆很美很伤也很无暇

想靠近却又轻轻挣扎

是谁留在我的梦里牵挂

是谁在寂寞里插花

一张张照片，一幕幕挥洒

过去的亦不曾丢下

爱情从来没有归期可言

又是谁在那里当真掩面

或许只能说声再见吧

徒留思念慢慢变迁

我会尽量保持优雅

或许还是做个朋友吧

你的温柔还割舍不下

还想有勇气再拥抱一下

……

在某一个怀旧伤古的初夏

2013.4

深秋的凉意带有丝丝愁绪，一份悲凉的情怀飘于空室，沉于埃角。怕是将要啃蚀了整颗心，让人不安且又自甘沉迷于记忆的深河。你说早已清零划句、波平浪静于红尘一笑间，畅游自安。哪怕石起涟漪，再无惊忧挂怀。为何还那般伤感顿足迎风垂泪？为何还要如此固执开启早已尘封的铁盒盖？

客串

不知不觉又是午夜时分

我们接近灵魂深处的东西越来越真切

用手轻轻地碰触

一不小心就会碎掉一样

于是只能静静地聆听

那些走过的人

留下或深或浅的脚印

只是偶尔会回来在梦里客串一下

2013.9.10

更广阔的天空

用一份慈悲仁爱之心集结的热泪浇灌自然界生灵

共处的感动

用一份纯真、宽厚、激情的笑声串燃人世间冷暖

的欢愉

用一份智慧豁达的平和心态行走世界

无论你经历过多少坎坷之路

生活总是会有阳光和雨露

用享受孤独的态度来考虑事情吧

在寂寞的沉淀中反省

不失真趣的真诚面对自己

我想

就可以在生活中找到更广阔自由的天空!

2014.9.30

逢老友

时隔几年之遥，相见如故

不免拥抱致意

座谈饮酒，畅欢往事至深夜三更

送其安顿，折返，惆怅之心随雨滴游沥

滴滴醉于岁月故尘里

各怀志诚，展其鸿业，奔于劳计

唯吾十载梦逐于今，隐城安心

相视而笑，契于陌然

2013.6.11

被看透了

我总是一次次在惶恐中侥幸得宠

可这次侥幸逃跑了，跑得远远的

一早天空就给我灰色的预言

太阳脆弱地站在街道中心

后来，无精打采地回了他的老窝

黑夜替白昼出来站岗

我只好寻求月亮帮忙

可她沉默了

冷风在这个春天里阴笑

连海棠都默不作声看我表情

只有寂静站在时间的背后歌唱

我知道，它们都把我看透了

2015.3.29

碧儿

"碧儿"

一个舒软的声音被轻轻地唤起

悠荡在雨夜，溅起涟漪

听起来那样熟悉，却不敢相认

她像住在另一个时空

被时间冰冷的隔离

只是偶尔会跑去石头的梦里

为他带去敷伤的软泥

她阅着品着他被时光雕琢的痕迹

轻抚他漂浮的灵魂脱去外衣

他知道她来过，在衣襟上留下泪滴

掐指算是人生悲喜

往事如海上程程起起

风里轮转尘缘蕴藉

其实你就是她，她就是你

像一朵端然的山茶，在晨雾里寂静开花

2015.3.7 凌晨

夜阑人静悠听小曲，细看那罐中青苗不知何时探头高望！虽是杂草丛生，但不愿去除。似与吊萝相依为生，叹为美观。陋室为之增色生机，是草非草，缘起同一。不尽况思许默，人世间红尘之事，不及青草合然安之。

搬迁

这青晃晃的早晨

人像蚂蚁一样在街道上奔忙

我来到这个人间也从无例外

来回拖着一车车杂物

像只发疯的母牛在风里摇晃

一个红灯

在他们焦急眼神下越发变得像只蜗牛

洋洋洒洒一路清点他人的目光

纵然心力交瘁还是要潇洒的姿态

挤妥汗水

停在斑马中央

看那遥远的对岸

2017.9.23（画室搬迁）

想不起来

想不起什么，那就不要想了

任凭记忆微雨落花草长莺飞

因为，你已知道光阴的秘密

如果，偶尔想起

那么就把它带回梦里吧

为它涂上幽洁颜色，好让它沉静地

睡去

一切都变得不那么重要

回归到自然，简单，最初的自己

不需要年龄的标记

也不需心性的固守

像风一样自由呼吸

像树一样洒然站立

我在这里，无关乎你在哪里！

2015.3.3

尘世一笑间

坐在一方安静的时光里

有烛光、咖啡和三明治

当然还有音乐伴着夏季的馈赠

我想，我不再讨厌连绵不休的雨带来的潮闷了吧

当然，也没那么喜欢

在一抹浓郁的绿尖，透着那晶莹的一滴

那是孤独之中的福祉，那样安静悠长

我大口地咀嚼着它们，发出一连串幸福的音符

我想起另一个名字，尘世一笑间

2016.6.29

看阳光如往日拥我入怀，我感受到幸福更比从前，看春花灿烂的时刻，我知道最好的时光已经在那瞬间蒸发，一声再见，心里默念了一万声的珍重。我无法告白现实的梦境，在这片光芒中碎裂，散落世间无觅处。

缄默

坐等悲伤的土地

种了一株花

昨夜以泪浇了一遍

今日用了酒

土色深了些，却依然缄默

用手指蘸着泥

放入口中，酸涩的

没有一点要去绽放的意思

我拍下了尘土

时光要去做的

谁能妄想替补

2014.9.13

回到人间

清晨

阳光很迷茫

我也很迷茫

来不及回想梦里摇晃的情景

鸟儿已在枝头上欢鸣

音乐，穿衣，洗漱，开水，煮泡，抹脸同时进行

找钥匙，拿苹果，塞耳麦，开车前行

一杯咖啡，一个方案，从 A 到 B 到 C，唾沫横飞

驱车再到时间的另一面，另一处的 ABC

原来

我是回到了人间！

2017.6.10

请妥善保管你的
孤独和忧伤

是的，把孤独和忧伤藏心底吧

它是何等的可贵

请不要随意拿出来炫耀和袒露

那是每个人都拥有的私人产物

请妥善保管，小心安放！

它的能量无比强大

把它转换成其他方式吧

比如文字，比如科学，比如音乐

比如艺术，比如成就和辉煌……

又比如阳光，比如雨露，比如鲜花

比如笑脸，比如温情和性感……

不管它以怎样的方式寄存

它都将是属于你一个人的财产

不会被剥夺，不会被侵占

只是，请不要随意挥霍它

它也有生命，也有温度，也会变的一文不值

……

2014.11.16

日子

日子原本该是朴素无华的

只是时间让生命穿上了一件华丽多彩的外套

无论我们怎样费尽心思算计自己的结局

冥冥之中早已被设定安排

如若有一天遭遇种种不幸

也该属实寻常，脱以换袍

报以一个平静的心

于尘世间，一笑置之……

2013.11.24

空

青衣长袍，深坐夜间

翻墨盒，染丝绮

惊觉无人依

寄清酒一杯

邀卿共赏梦月佳境

此君何来？无处可觅

2013.7.6

清明的思念

午夜的音符在时空里穿插徘徊

一声声叩响心的门扉

窗外的雨滴一颗颗落下

那是亡灵们思念亲人的眼泪

一根燃烧的火柴

拉长了灰色的沉默

我站在阴黑深邃的走廊

听到他们涩涩的脚步穿梭

此时该是清明了吧！

杜鹃啼红了山坡

布谷喊鸣着悲伤

往事打开了记忆的门锁

香火为他们铺上了通道

轻轻地问候一声

你来了吗?

两头都是沉重的思念和盼望

2015.4.4 凌晨

2013·7·3 STD

夜又深了。日子似乎跑得太快，但她可以慢慢过，荼蘼酒色，书香慢舞。日子后面还排着长长的日子。那么漫长的岁月，也许还会有人不发任何声响，便消失不见了。更替一场又一场夜昼交织，只是不会再有人，像一支针剂注入她的血管，在她炙热的血液里升起一个细弱的泡。

心性旅途

冬季的雨给人格外萧楚深郁

尤其在尘嚣渐落的深夜里显得更加清冷孤寒

最是喜欢在这样静谧的深夜里听那份低沉而伤感

的音曲

让回忆变得清晰而潸然

芸芸里在一根烟丝间的蒂落

把浮光掠影里的杂味含尽

人生哪

其实就是一个个时间段心性旅途的相衔

从中不免有轻轻的惆怅与寂寞，欣喜与若狂

像满坡野花烂漫

一份繁花似锦的背后总有一份枯谢殉情至暮的

苍凉

世途的笑影泪痕最后都将被时间温柔地

抚化……

2015.1.7 凌晨

思念

静默花开无限时，夜半怜容忧半面

弃了弃了，弃之使然

你轻轻地来又轻轻地离去

徒留影子与我做伴

我静默于夜空把你重重的思念

从此挥之不去

2013.8.7

疯子和哲学家

我们天生是哲学家和疯子

左边脑袋提问，右边脑袋回答

总是拿疯子来验证哲学的真伪

疯子一认真，哲学家就哭

2014.9.11

黎明有花开

一夜冥语，细细碎碎

连同雨滴，沉睡在五月末的深巷

你在那边，我在这边

隔一道铁门，冰冷的注解……

前世今生，一个平行的荒古咒言

穿行过黑暗，黎明有花开

你在那边，我还在这边……

2015.5.31

陌路小安

长夜寂寂，风来招髯

槐花雨下，伴我不寐

小院青灯，听时絮语

足于尘途，陌路小安

2016.8.2 成都

你在南方，我在北方

我们隔着白天与黑夜

你在南方

我在北方

昨夜你又跑进我的梦里来

但这不能怪你

是我没有把梦的窗户关上

你笑着对我说，比在日常里要温软许多

像是在夜空灿烂的星辰里划着小船

像是北京城的槐树，绽满小小白色的礼花

2016.8.3

轮回

在无知里发芽

在欲望里浇水

在痛苦里成长

在寂寞里开花

在激情里枯谢

在平凡里死去

在轮回里复活

在记忆里摸爬

在影子里畅游

在艺术里燃烧

在文字里居住

在光阴里随行

……

在今生里不作轮回

2014.11.28

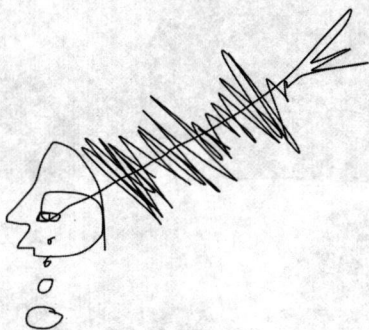

虽是春去夏至时，却似冬寒雪地夜。尽是这般把心虐了去。窗外雨滴垂怜，孤单又嗜静好。让灵魂飞去了千里外，与前世做了个相会。未曾写出心迹，墨色却已干固。虽要拭去但也无从。

把一秒钟拉长

把自己闲置在一角

安静地打了个盹儿

去了梦的远方

把一秒钟拉长

我站在马路中央

你却在摩天大厦的顶层

把一秒钟拉长

我们相约在时间的轨迹里

你在巴黎的街头等候

我却在空房间门前张望

2015.5.3

安息在你的长发

你可以从一个人的声音里看见他的世界

也可以从一个人的眼睛里看见他的世界

面部表情是装点

倘若这些凋落的残花

能有一朵你觉得美丽

爱就会将它吹送

安息在你的长发

2017.2.13

和三毛的日子

我们贴着耳朵面对面

时间从向上的那一只耳朵前走过

三毛拨弄着发丝问：我们怎么会在一起？

我说缘分安排的

它又问，窗外又下雨了吗？

嗯，那是时光落在地上的声音

可风还在天上跑

嗯，有云跟着呢

那我呢？

我望着它一阵长长的沉默

那我呢？

你有我！

2016.9.15

毫不相干的饭局

很多混杂的声音在桌子上飘舞

我听不懂

好几只眼睛碰撞着发出"嗤嗤"红烧肉的声响

我给了浅蓝色的微笑

月亮在窗外探望

云在屋顶跑

我不在这里

在草原上悠逛！

我像一只坐在白马上有角的鱼

有角的鱼！

被一个马翁牵着观赏

他们送来鲜花般的微笑

但这使我惭愧

因为我无法开口证明我是不是一只有角的鱼

2016.8.31 饭局上

人与人

人与人之间的交往

有时候感觉只是那一刹那

世界就变了一个样子

那一刹那的威力也只是某种思想的巧合

或者对一个人当下的某种举动的看法引起的

那种直接的嗅觉敏锐度足以你区分生活想要的界限

说到底到最后所谓世间，其实就是只是一个人

所谓世间的真相也只是自己与自己一个人的斗争

当然我们不谈及国家政治宏伟的格局，只谈及生活

2017.8.22

独戏

雨淋奏秋曲，风来弄舞姿

念去去，旧人欢，独唱人生戏

烟雨夜，黄粱梦，鬓独一角湿

叙尘缘，倒影带，似曾相似

恍过千载幽入关，幕幕赠泪滴

2014.9.21

独自芬芳

那段时间

她把自己深深地埋在光阴里

带去了寂寞和温柔

旧梦深藏，独自芬芳

她看书，写字，画画，瑜伽

美的就像一道阳光

从枝头上开出花来

2014.7.5

画上人间天堂

要一杯酒吧，把无限拉长

加深时间的宽度

让灵魂在阴郁的快意里寻找超能力

在漆黑的夜布上刻下柔情蜜意

影子脱去衣袍，在尘埃中展开翅膀

颤落了一地羽毛，香炉轻摇

掀开被遗忘的荒岛

指间伸向最后一处祈望

在弯弯曲曲的褶皱里

画上一栋房子和面包

画上你温良的微笑……

再画上人间天堂

2017.9.6

梦的颜色

那天石头和碧儿坐在长长的夜廊里

聊一些有的和没的

碧儿总是喜欢好奇地问石头一些问题

"你最喜欢什么颜色？"

"我喜欢天堂的颜色。"

"那天堂的颜色是什么样子的？"

"天堂……天堂的颜色是安详的，自由的，烂漫的，

神奇的，微笑着的，是梦居住的颜色……"

"那我能进你的梦里瞧瞧吗？"

"能，在梦里我为你开一扇门吧，你得轻轻地进来，

不要打扰它们……"

2015.3.21

写文字的人是「流氓」，有各种各样的心性与身份。是卧底。一不小心就被窃取他人心性，扮演着时间与空间里的各种角色。天真烂漫，疯子、画家、医生、病人、工程师、飞行员……大可以想象其身份。

你我都在同一个
套子里

在这样的夜晚

我们预存了多少个不同的寄想?

又在多少个黎明敲响的前际

退去梦想的彩翼

揉一揉惺忪地迷离

披上现实的青衣!

你我都在同一个套子里

你别想逃

也逃不出这个轨迹

好在

我们还能如此安好

不管你是在天涯何方

都相见在同一个日子

日复一日的前行

日复一日的设想……

寄无数个日子于神奇的力量

终将，在黎明到来之际归于平静

同于天地，同于日月

2014.11.16 寄夜猫四话

你进场我退场

今天的月亮很圆

今天的风很刺骨

今天你说我以清醒的状态即是结束

"这真真假假里我早已疲惫

雨纷纷，旧故里草木深

我听闻，你始终一个人

斑驳的城门，盘踞着老树根

石板上回荡的是，再等"

"音乐真好听……"

"这是你的台词……"

"不，这是我的人生……"

我记得你说所有话的过程

在空气里扩散

在神情里转弯

在时间里凝固

加起来，它是一个故事

你进场了

我却要退场了

2015.11.27

没有下一次

再也不必说还有下一次了

你的眼神投射出荒诞的影子在灯光下诙谐的跳着舞

在等待时间的缝隙里留下一串串荒芜

你我都无心去改变

那么请各自都到睡去的梦里

同看门前摇晃的风，去守护心底里私藏的那份温柔

谁也不用撬出一部分施于对方而感到心疼

熄灭灯，让夜色蔓延进来

依旧保持沉默的良好

继续自由，继续用孤独抚慰惶惶的生活

2018.9.19 杭州

苟且的外套

又下雨了

五月的天空飘着一层厚厚的阴霾

堵着我们的器官

疲倦的身姿陷在时间的口岸

袅袅的烟丝飘荡缠宛着

荒芜在耻笑着可爱

风穿过嘀嗒的门洞

一条深郁黝黑的通道

长长的说是抵达远方？

发现却是苟且的外套

2016.5.24

补时间的裂缝

日光灯有点刺眼

从空洞的眸子射出

这雨声嘲弄我沉睡的精神

一滴一滴的遗漏着空虚

不得不拿笔填补时间的裂缝

一首夜曲恩赐我恍惚的梦幻

在唤醒我几个世纪的往日之前

将朦胧抛向深郁的蓝色

让迷醉的心灵在海水中沉溺

2017.9.7

何耐

我想我是活着

仅仅只是想看到人生的温暖

但却是疼痛无比

拭去眼角的泪水，继续

可我还一直被囚在埃及

想要跨过那片海域

却是沙漠的一片荒芜

2017.1.11

活着

活着会有很多渴望

但我从来不强求

无论它滋生多少对时间来说或多或少的味道

它存在过就可以了

在一睁眼闭眼间

变幻莫测

只做自己一道道人生增加的页码

痛还甜也都只是人生戏剧里的一个个章节

我们只是当了一辈子的演员

从出生那一刻到临近死亡

一生赋予丰富的角色

但你是否演过真正喜欢的自己？

2014.8.27

撒娇的权力

她是多么希望自己拥有孩童般可以尽情撒娇的

权力啊！

这是人性自然的一面

请把这一点看成是可爱之处吧

并非是柿子青涩的表现

而是完整人生的体现

就像阳光给予大地的斑斓情调

一切赋予生命的昂然

才会有绚丽色彩

就像微风送给树梢的抚慰

多么俏皮而温暖

才会以落叶相赠，飘零舞姿

她并没有想要的太多

真的！

仅仅只是想要可以自由地毫不吝啬地挥洒真情的

港湾

像大山一样，坚实淳朴而智慧！

2015.7.10

是谁在耳边撩响
起哀伤的音乐

是谁仕耳边撩响起哀伤的音乐

睁开眼，原来是在梦中

依稀又听到雨滴的喃咛

便把心要了去

我很慷慨

记得回来就是

早上的第一杯咖啡

站在微风的窗口

又听两朋友发来的音乐和诗集

便把心飘洒了去

记得走多远就多远吧！

2014.6.6

送我一束花

送我　束花吧

在一片被露水浸透秋日的早晨里

当阳光慢慢攀爬进我的窗台

挟着清风与光相遇的那一刻

我会踮起脚尖羞涩的献上我最温热的眼眸

2016.11.4

童年和河流

把时光晃一晃

一晃就是凌晨两点多

我早已忘了白天与黑夜

瞬间，浮现不同自己的脸

童年和河流

在时间的对岸休眠

荒草与梦

同时坠入了天涯间

2015.11.8

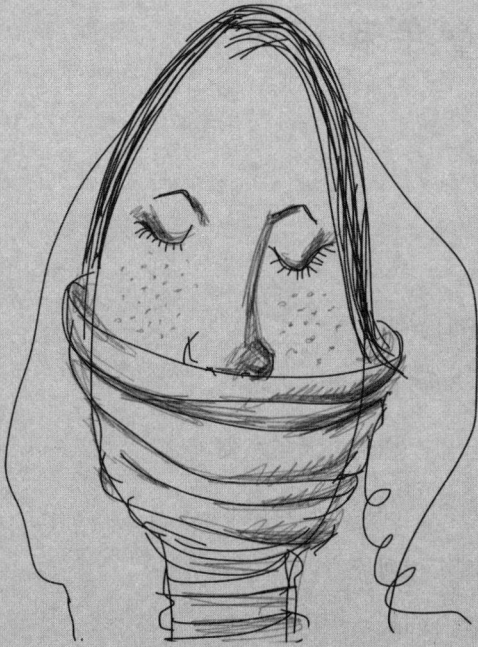

温慰的咖啡馆

很多人说，忧伤的时间很慢

慢的以日如月如年

而我的时间快得恰似以月如日

最后，我不得不以年为单位

上帝说眼泪没有错误

灵魂需要用它来洗净疲惫

是的，或许吧！

秋的院落

在午夜特别深邃

唱着时间静默的离歌

习惯于让步子轻合上它的节拍

昏柔的咖啡馆，有孤独的温慰

我在那里

在那里⋯⋯

只为曾经寄存的无瑕笑容和你那依稀的旧影

2016.8.9

冬至

冬至

有一抹阳光出来是可以告慰人心的

"我们虽然笑着说很快再见，

转身的那一刻，内心知道，

可能后会无期。"

狂风摔打着门板噼啪作响，印在上面的光影

劫持着一份秘密奔向深海

隔着风声：我会等你！

却是挂在了上辈子的冬季……

2017.12.12

浮生若梦

一曲昆腔，怀人幽怨

人间情事难遣，冷雨敲窗帘

岁月推流四十载，披览经阅

思慕三休欲泪下，暮年凄凄

无情何必生斯世？

此生独盈空门外，浮生若梦，终无相连

2016.6.8

失落的迷宫

我在秋日的晚风里思索着那个失落的迷宫

它或许一直原封不动地深藏在某个角落

我试图想去探寻进入它的通道

它可能在碎草丛生的小河边

或者是屋前的那片稻田底下

可能被那些鸟儿衔走挪移了地方吧

也可能是被我父亲搬进了坟墓又转移到我的梦里

2018.9.7

与天边山峦里的
一株青草相望

一盏灯，一扇窗，一夜的雨

它柔滑地落入梦的忧虑深处

我伸出手想轻抚夜的波光

却，四野阒然氤氲茫茫

生命在苍翠的春天醒来

而我却准备带着自由、自在和自然，欣然走向

尘土

拨开瑷碌的云雾

用孤独去拥抱孤独

这是多么幽微的恩赐？

是命运优渥的一种补偿

我曾是上帝亲自挑选的人

可他总是适时关闭我想进入的门

多么可爱的老头啊……

可如今，我只愿能活成一道清白的晨光

与天边山峦里的一株青草相望

让那些曾经奢望的"假如"

躺下几个世纪的地下安眠

仅仅，仅仅只愿在将死之际，还能触动感受到

简单的美好

2017.4.26

我不认识她

这白晃晃的光明透顶的人中午

她停歇在一棵大树庇护的绿荫下

面朝着马路的石墩而坐

看车来车往，人来人去

她不在乎那车窗探头的目光

也不在乎路边散步的狗儿舔她脚面

架起一根烟，纯属像根世外野生的杂草

也不像个女人

她看起来笃定，眼神漠然

平时这样的光景应该会在夜晚出现居多，但她完全

不在乎

一辆装满白色菊花的送花车经过

她的眼神随它飘去老远

这么美的花，一与死亡搭上边缘就被命为不吉利，

菊花是受了委屈的

她觉得没有什么比死亡更圣洁的了

其实生和死它们就像两个孪生子，都被命运老爹

执掌着……

于是她微微地笑了一下

我很多时候不认识她，是基于这个世俗现实的

世界

不过我认识她头顶上那片苍空和赶去参加葬礼的

秋叶

2017.8.9

凉风有信

冬日在不远处带着隐秘的光

窥探着秋的眉眼掠过门窗

我抬起迷蒙的双眼，恍惚间半辈已过

凉风有信，如常

曾经渴望的爱情在一棵树下安葬

无人涉足的荒野里，飘有它的芬芳

锦时素年，留白

给孤独施肥浇水

给滋长的灵魂上一点光

2017.12.30

依然山花烂漫

从此不要过问生命的意义

不要设想任何结局

不要相信自己

不要抬头深究前方是何处

也不要听时间诉说虚无的感伤

但依然坚定地行走每一个日子

依然保持赤诚的生命热度

依然山花烂漫

2018.10.14

献给自己最后老去，
活着的仪式

等待生活的某些片刻

喜欢那些不知所为的经过

像某个深夜突然的巧合

你刚好站在一棵花开的树下

褪去人言的束缚

脱去四季的衣裳在嘀嗒的院落里蹦跑

住进冷冷清清里风风火火

如果我们还一直活着

终将是要走到衰败的身体里去

把灵魂区分

维持方正、有趣、硬净的形状

献给自己最后老去、活着的仪式

2017.8.20 晚

葬

河道里漂着星空

两岸的稻田蛙乐四起

你吐纳的朦胧烟圈

正好赶上秋从往事的褶缝里穿过

风在田野上蹦忙

一幕幕，披着黄色的衣裳

而我的灵魂在它们美丽的果园里进行安葬

2017.8.19

在落日的余晖里

长夏，一梦悠悠

这个梦不干弗罗伊德什么事

大家似乎都在欢呼九月的到来

聪明地把惶恐收割在淡定自若的口袋里

又私自在寂然的夜色将它释放

在这个梦与黎明擦撞时微微惊动的早晨

大地悄悄地举行着隆重的褪色仪式

我乘风而行穿过记忆的长廊

眼睛获得了与眼泪相似的尊重

万物之灵都是时间的子民

俯首献上恭敬的耳朵谦卑地站立着

我甘愿做个迷途的羔羊

在落日的余晖里重新找到方向

2017.9.1

最后一杯酒的劲儿可真大

说秋天到了

那是思念一个人的季节

可，夏天不曾想要离开的样子

篱笆上还盛满着繁花

一支白玫，一杯酒，一个烟缸

还有那蒂燃的烟丝袅袅绕绕的匪样

松子走上了天梯

我也曾经一样，攀爬过无数次

只是我依然挟持这荒怠的命辰缥缈着

其实我不想

不想现实就成了虚无的海洋

也不想思念是那根最后爬上天梯的桥梁

……

嗨

最后一杯酒的劲儿可真大

我跌撞着云步回家

想起那白玫静默的样子

想起那一句你说爬满别人春天思念的墙

还有那滴残留在杯中的酒……

2016.9.1

种花草

紫阳一片盛装出席

在艳阳下燃尽了姑娘的娇羞

闷热中有些微小的分蘖

过于细致的笔触

铺张着过多的饥渴

蔷薇像疯长的爱情

攀爬于贫瘠的废墟上

张望着篱笆外的高墙

借用阳光蔓延滋长它的触手

在晨露里醒来，在云开处安睡

高高的天堂鸟啊

张开大大的翅膀

在风中抖落昨夜的雨水

缔造凉爽的绿色

给屋舍送去一个大大的拥抱

膝下的蓝小草持有初长的美丽

黄昏的白墙印有你修剪旧枝的模样

绕过屋顶挂在后院树梢上的月亮

提醒你

我们该回一趟农舍

开着小白车

带上一把浓缩了肥沃的泥土

往后的日子嫁风随尘

告诉翘尾巴的猫儿

去摇醒门前那金黄的柠檬

2017.9.11

图书在版编目（ＣＩＰ）数据

种在疯长的时间里 / 董碧儿著．—北京 ： 中国民族文化出版社有限公司， 2020. 4（2025.1重印）

ISBN 978-7-5122-1325-8

Ⅰ．①种… Ⅱ．①董… Ⅲ．①诗集－中国－当代 Ⅳ．① I227

中国版本图书馆 CIP 数据核字（2020）第 037482 号

种在疯长的时间里

作　　者　董碧儿

责任编辑　牟　玉

责任校对　张嘉林

出　版　者　中国民族文化出版社　地址：北京市东城区和平里北街14号
　　　　　　邮编：100013　联系电话：010-84250639　64211754（传真）

印　　装　三河市同力彩印有限公司

开　　本　889mm×1194mm　1/32

印　　张　6.125

字　　数　10.5千

版　　次　2020年8月第1版　2025年1月第2次印刷

标准书号　ISBN 978-7-5122-1325-8

定　　价　48.00元